KB261826

풀꽃향기
한줌

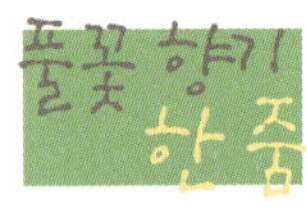

초판 1쇄 발행 2013년 1월 30일
초판 5쇄 발행 2025년 6월 23일

지은이 나태주 · 찍은이 김혜식

펴낸이 김선기
펴낸곳 (주)푸른길
출판등록 1996년 4월 12일 제16-1292호
주소 (08377) 서울시 구로구 디지털로 33길 48 대륭포스트타워 7차 1008호

전화 02-523-2907, 6942-9570~2
팩스 02-523-2951
이메일 purungilbook@naver.com
홈페이지 www.purungil.com

ISBN 978-89-6291-221-0 03810

나태주 시 + 김혜식 사진

풀꽃 향기 한 줌

나태주, 사진 그리고 짧은 시들

푸른길

풀꽃 향기 한 줌

분홍빛 봉투가 아닙니다. 평범한 봉투에 아주 작은 이야기를 담아 보냅니다. 부디 내 앞에서 봉투를 열어보시지 말고, 나 없을 때 살짝 열어보시기 바랍니다. 거기 당신만 아는 풀꽃 향기 한 줌이라도 담겨 있었다면 좋겠습니다.

나태주

NO. 303

시작하며

끝맺으며

시를 통해 사진을 찾으며 사진을 거울로 다시금 시를 읽는다.
그런 점에서 시와 사진은 많은 구석에서 닮아 있다.

—

사소한 것에 손 내밀어 사랑하고 정들이는 법을 배운다.
드나들며 나도 그들과 친해졌다.

서정시인

다른 아이들 모두 서커스 구경 갈 때
혼자 남아 집을 보는 아이처럼
모로 돌아서서 까치집을 바라보는
늙은 화가처럼
신도들한테 따돌림 당한
시골 목사처럼.

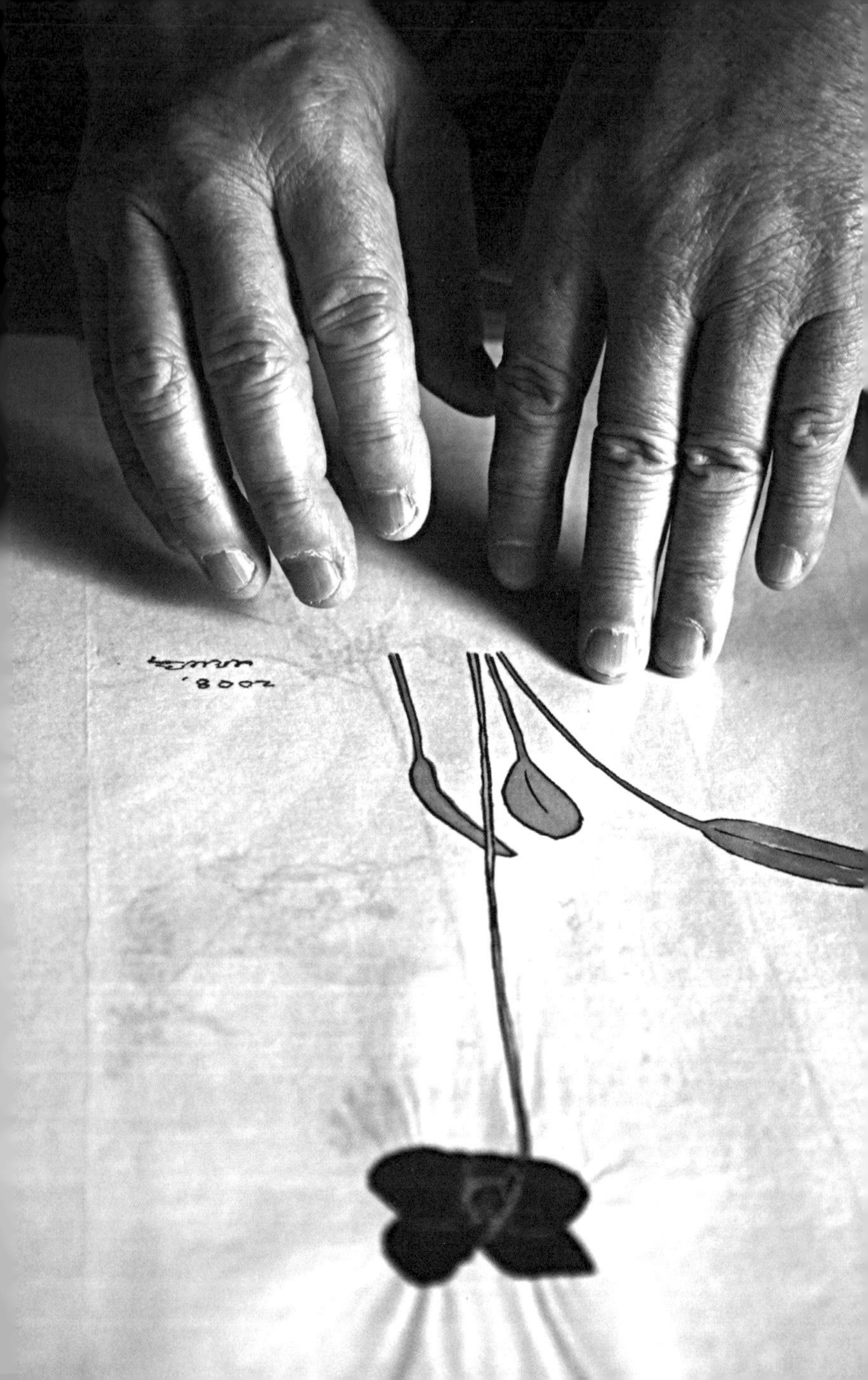

풀꽃 · 1

자세히 보아야
예쁘다

오래 보아야
사랑스럽다

너도 그렇다.

눈부신 속살

담장 위에 호박고지 가을볕 좋다
짜랑짜랑 소리 날듯 가을볕 좋다
주인 잠시 집 비우고 외출한 사이
집 지키는 호박고지 새하얀 속살

눈부신 그 속살에
축복 있으라.

풀꽃·2

이름을 알고 나면 이웃이 되고
색깔을 알고 나면 친구가 되고
모양까지 알고 나면 연인이 된다
아, 이것은 비밀.

시인학교

남의 외로움 사 줄 생각은 하지 않고
제 외로움만 사 달라 조른다
모두가 외로움의 보따리장수.

풀꽃·3

기죽지 말고 살아 봐
꽃 피워 봐
참 좋아.

약속

어제는 잊혀진 약속이고
내일은 지키기 어려운 약속이다

다만 약속이 있다면 오늘
오늘의 약속은 사랑.

이별·1

지구라는 별
오늘이라는 하루
두 번 다시 만나지 못할
정다운 사람인 너

네 앞에 있는 나는 지금
울고 있는 거냐?
웃고 있는 거냐?

노래

친구
보내고

매미 다시 울었다

내생來生의
노래.

조선무용

마룻바닥에 떨어져
수정이 된 눈물방울이여
종종종 노랑 병아리
눈물얼음을 밟고 가는
분홍빛 수줍은 맨발이여
한사코 소금 바다로 떠나고 싶어 하는
발가락들의 순결이여.

가을밤

너 없이 나 어찌 살꼬?

나무에서 나뭇잎
밤을 새워 내려앉는데

나 없이 너 어찌 살꼬?

밤을 새워 별들은
더욱 멀리 빛이 나는데.

한세상

술 취한 듯 한세상
비틀거리며 살아
미친 듯 또 한세상
중얼거리며 살아.

DUNE
DE TOILETTE
Christian Dior

선종

피

한 방울

놓쳐버린 바다

울며

떠난 고래는

돌아오지 않았다

다만 노을이 붉었다.

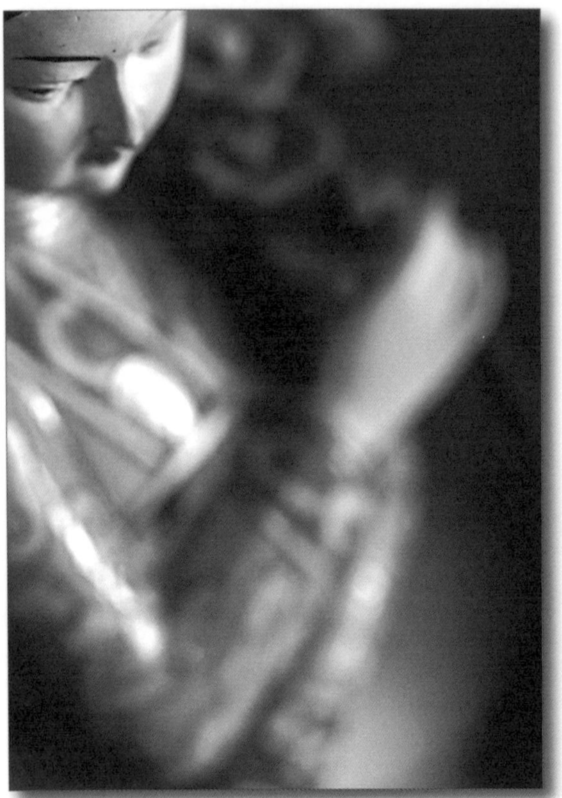

산책

백합꽃 향기 너무 진하여 저녁 때
대문이 절로 열렸네.

섬

너와 나
손잡고 눈 감고 왔던 길

이미 내 옆에 네가 없으니
어찌할까?

돌아가는 길 몰라 여기
나 혼자 울고만 있네.

묘비명

많이 보고 싶겠지만
조금만 참자.

편지·1

하루의 좋은 시간을
다른 곳에 다 써 먹고
창문에 어둠 깃들어서야
그댈 생각해낸다
그댈 생각하고
그대에게 편지를 쓴다
너무 섭섭히 생각 마시압.

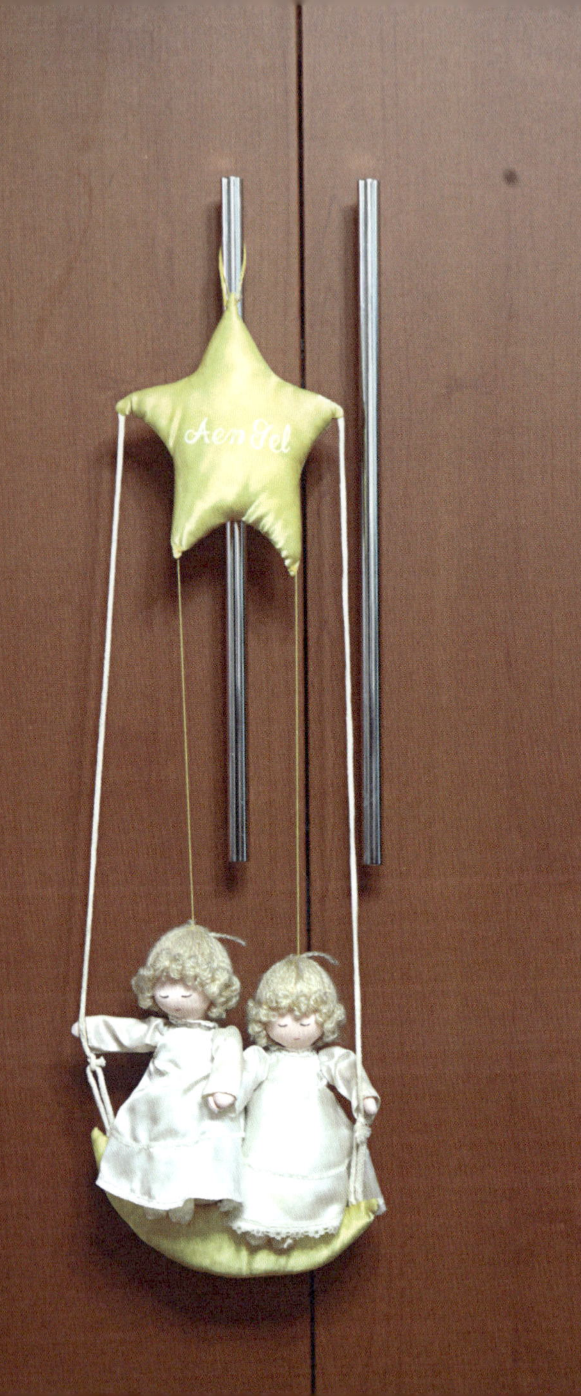
AenGel

앉은뱅이꽃

발밑에 가여운 것
밟지 마라,
그 꽃 밟으면 귀양간단다
그 꽃 밟으면 죄받는단다.

삼거리

돌아가거라

순결했던 시절로

저녁 새소리.

시·3

그냥 줍는 것이다

길거리나 사람들 사이에
버려진 채 빛나는
마음의 보석들.

쾌청

참 맑은 하늘
그리고 파랑

멀리 너의 드높은
까투리 웃음소리라도
들릴 듯….

가로등

밤안개는 몸에 해롭대요
치마 벗고 밤거리에 나선
누군가의 아낙.

꿈 · 3

네가 보이지 않아
불안해졌다

엉엉 소리 내어
울었다

눈을 떠보니
볼 위에 눈물이 남아 있었다.

제비꽃·2

아직도 나를 기다려
고개 숙인 철부지 소녀.

그리움·1

햇빛이 너무 좋아
혼자 왔다 혼자
돌아갑니다.

수은등 아래

수은등 아래 스카프로 귀만 가리고
나를 기다려 주던 사람, 장갑 벗고 가만히
차고 조그만 손을 쥐어주던 사람
지금은 없네, 내게 가까이 없네.

흰 구름

예전엔 내가 그를 우러러 보았는데
지금은 그가 나를 굽어보고 있다
슬픈 눈.

꿈·1

생시와 너무 달라 퍼뜩 잠에서 깨어나던 꿈

이제는 생시와 너무 비슷해 놀라
자리에서 일어나는 꿈

밤중에 불을 켜고 지갑을 잃지 않았나,
양복 주머니를 뒤지기도 한다.

꿈·2

바람이 불어요
어서, 어서 오세요
방안으로 들어와
문을 닫아요
떨어진 모란 꽃잎이
뒤따라 와요.

생명

누군가 죽어서
밥이다

더 많이 죽어서
반찬이다

잘 살아야겠다.

꽃 · 1

다시 한 번만 사랑하고
다시 한 번만 죄를 짓고
다시 한 번만 용서를 받자

그래서 봄이다.

송년

별 말이 없어도
잘 살고 있다고 믿어다오.

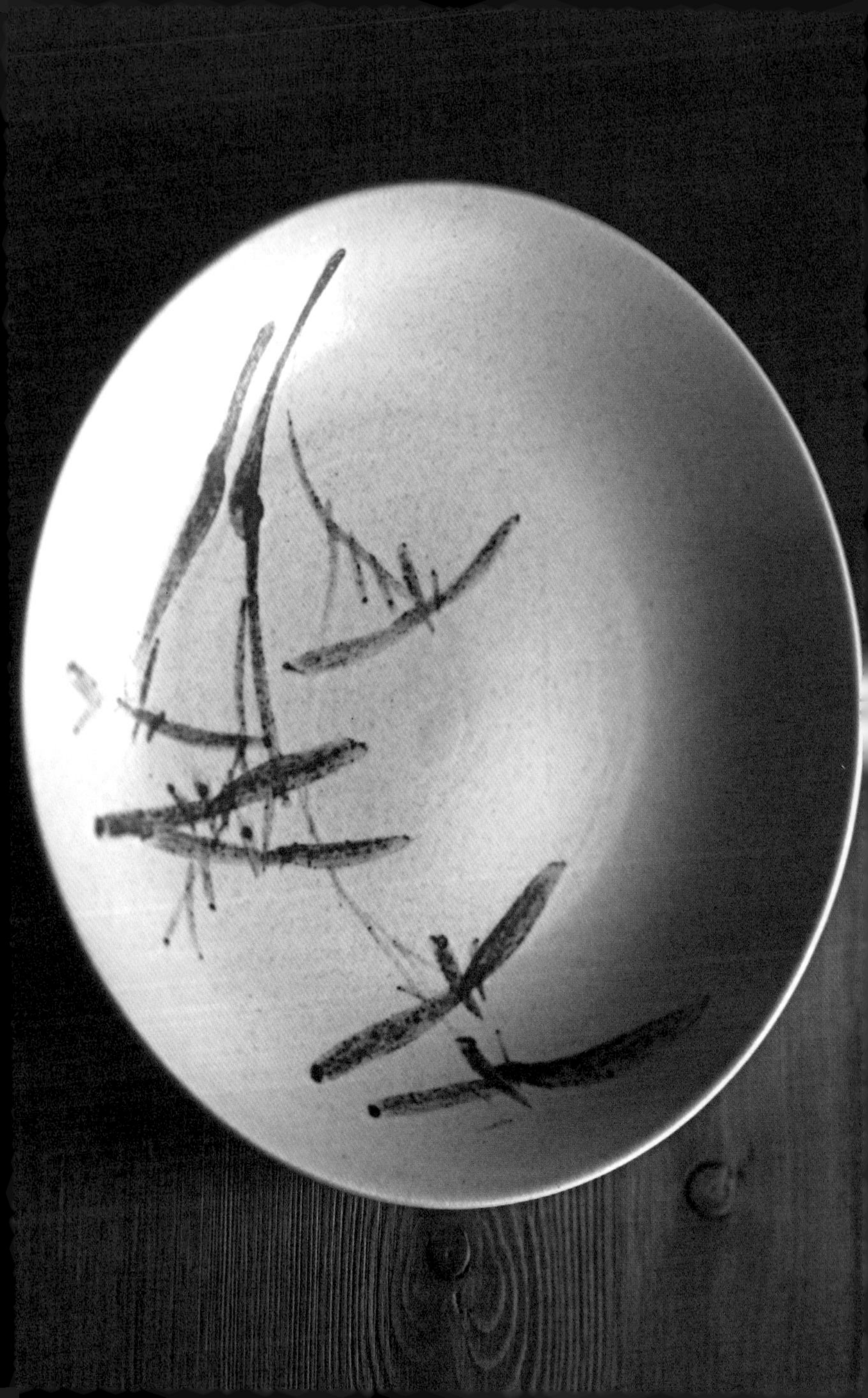

접시

안쓰럽구나

옷 입지 않은 여자

그래도 예쁘다.

퐁당

어제는 너를 보고 조약돌이라고 말하고
오늘은 너를 보고 호수라고 말했다
어제 조약돌이라고 말한 너를 집어 들어
오늘 호수라고 말한 너를 향해 던져본다
이래도 말을 하지 않을 테냐, 퐁당!

Switzerland

제비꽃·1

그대 떠난 자리에
나 혼자 남아
쓸쓸한 날
제비꽃이 피었습니다
다른 날보다 더 예쁘게
피었습니다.

핸드폰 시 · 1
– 일요일

너 어디쯤 갔느냐?
어디만큼 가
바람을 보았느냐?
꽃을 만났느냐?
꽃 속에 바람 속에
웃고 있는 나
보지 못했더냐?

2006.

11월

돌아가기엔 이미 너무 많이 와버렸고
버리기에는 차마 아까운 시간입니다

어디선가 서리 맞은 어린 장미 한 송이
피를 문 입술로 이쪽을 보고 있을 것만 같습니다

낮이 조금 더 짧아졌습니다
더욱 그대를 사랑해야 하겠습니다.

여인

품 안에
뭉클
안기는 바다

엎질어질라.

호스피스

죽는 사람은
살려고 하지 않고

사는 사람은
죽으려고 하지 않는다.

희망

그대 만나러 갈 땐
그대 만날 희망으로
숨 쉬고

그대 만나고 돌아올 땐
그대 다시 만날 날을 기다리는
희망으로 또한 나는
숨 쉽니다.

2008. 5. 5

부부

한 사람은 죽고 한 사람은 별이 되고
한 사람은 죽고 한 사람은 꽃이 되고
한 사람은 죽고 한 사람은 돌이 되지만
두 사람 모두 살아 돌이 되기도 한다.

아름다운 사람

아름다운 사람
눈을 둘 곳이 없다
바라볼 수도 없고
그렇다고 아니 바라볼 수도 없고
그저 눈이
부시기만 한 사람.

2006.

누나

이담에 이담에
돈 많이 벌어 가지고
비행기 타고 배 타고
누나 만나러 갈게

기다려 줘요.

별 · 2

제비꽃 같이
꽃다지 같이

작고도 못생긴
아이

왜 거기
있는 거냐?

왜 거기 울먹울먹
그러고 있는 거냐?

아이

못생겨서 귀여운 아이
눈이 너무 작구나.

Jane Ho
21211 Nubia St.
Covina, CA 91724

TO

나 태주 선생
광주시 충학동
대일 아파트
Seou

꽃피는 전화

살아서 숨 쉬는 사람인
것만으로도 좋아요
그럼요, 그럼요
그냥 거기 계신 것만으로도 참 좋아요
그럼요, 그럼요
오늘은 전화를 다 주셨군요
배꽃 필 때 배꽃 보러
멀리 한 번 길 떠나겠습니다.

날마다 기도

간구의 첫 번째 사람은 너이고
참회의 첫 번째 이름 또한 너이다.

편지 · 2

기다리면 오지 않고
기다림이 지쳤거나
기다리지 않을 때
불쑥 찾아온다
그래도 반가운 손님.

이 봄날에

봄날에, 이 봄날에
살아만 있다면
다시 한 번 실연을 당하고
밤을 새워
벽에 머리를 쥐어박으며
운다 해도 나쁘지 않겠다.

책만 보는
바보

좋은 책

좋은 책을
많이 읽은 날은
밥을 먹지 않아도
배가 부르다.

섬에서

그대, 오늘

볼 때마다 새롭고
만날 때마다 반갑고
생각날 때마다 사랑스런
그런 사람이었으면 좋겠습니다

풍경이 그러하듯이
풀잎이 그렇고
나무가 그러하듯이.

여름 모자

매미의 허물
벗을 때 되어간다
서늘한 이마.

노래

배고픈 시절 부르던 노래여
그대 보고픈 날 불던 휘파람소리여.

선물·2

하늘 아래 내가 받은
가장 커다란 선물은
오늘입니다

오늘 받은 선물 가운데서도
가장 아름다운 선물은
당신입니다

당신 나지막한 목소리와
웃는 얼굴, 콧노래 한 구절이면
한 아름 바다를 안은 듯한 기쁨이겠습니다.

집

얼마나 떠나기 싫었던가!
얼마나 돌아오고 싶었던가!

낡은 옷과 낡은
신발이 기다리는 곳

여기,
바로 여기.

HELLO! MERRY CHRISTMAS

추억

눈 내린 날 아침
혼자 울려보는 오르골 소리
오래 잊었던 옛사람의 향기.

연애

날마다 잠에서
깨어나자마자 당신 생각을
마음 속 말을 당신과 함께
첫 번째 기도를 또 당신을 위해

그런 형벌의 시절도 있었다.

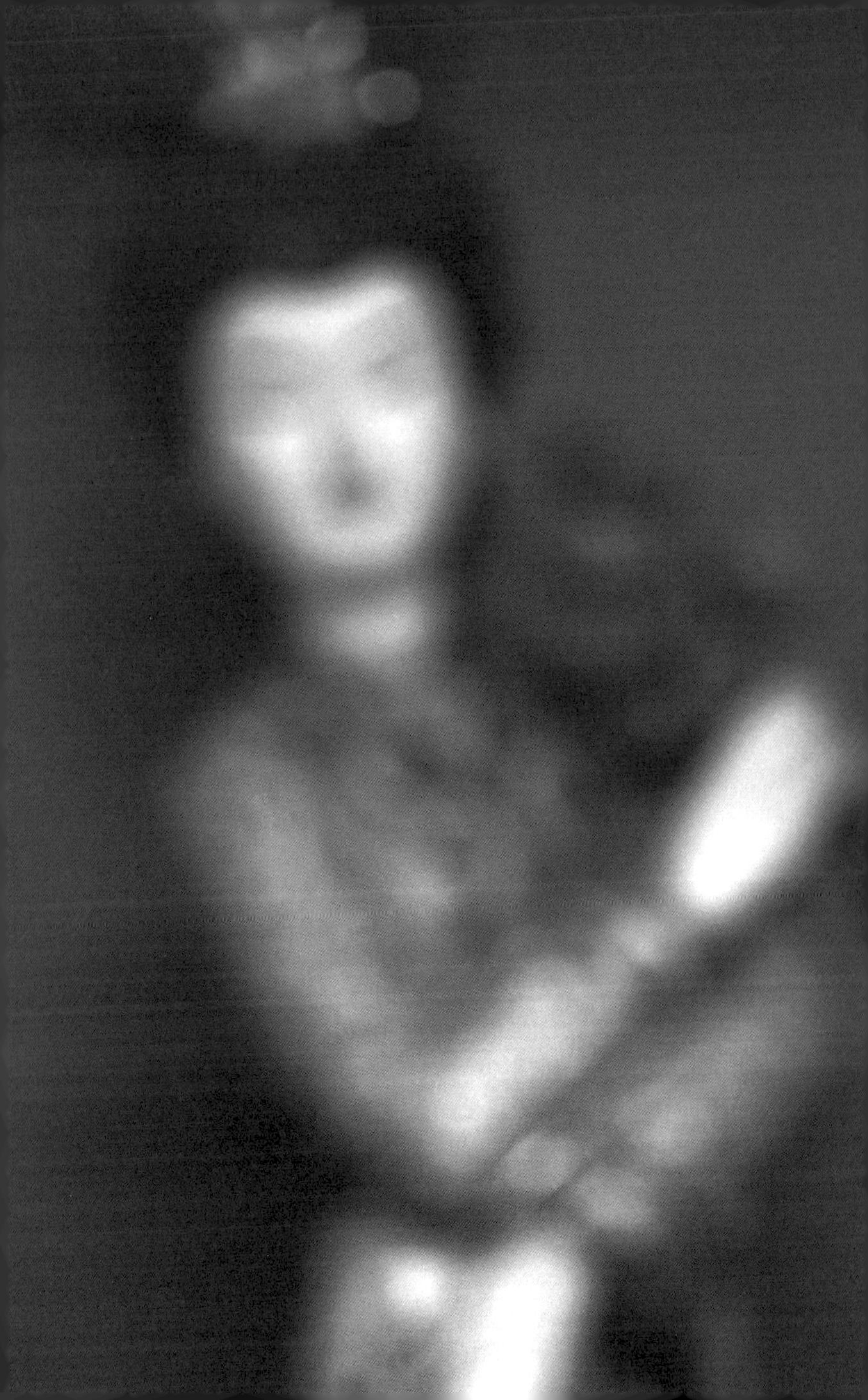

안개

흐려진 얼굴
잊혀진 생각
그러나 가슴 아프다.

부탁

너무 멀리까지는 가지 말아라
사랑아

모습 보이는 곳까지만
목소리 들리는 곳까지만 가거라

돌아오는 길 잊을까 걱정이다
사랑아.

서울아산병원
Asan Medical Center

순명

하루나 이틀, 누워서, 앓으며, 집에서,
혼자서 산 것도 산 것은 산 것입니다
불치병 걸려 한해나 두해 고통 받으며 산 것도
산 것은 분명 산 것입니다

여전히 감사한 목숨입니다.

선물가게

줄 사람도 만만치 않으면서
예쁜 물건만 보면 자꾸만
사고 싶어지는 마음.

친구

해 저문 날에
급하고 힘들겠다는 소식 듣고
급하게 찾아온 한 사람
오직 이 한 사람으로
나의 마지막 하늘이 밝겠습니다
따뜻하겠습니다

오직 우정이란 이름으로.

KBS
대전방송총국 개국 60주년

슬픔

밤 깊은 시각
버릇처럼
낡은 괘종시계
태엽을 감는다

너도 오래 살았구나
더 오래 살거라.

풍경

이 그림에서
당신을 빼낸다면
그것이 내 최악의 인생입니다.

한 사람

너는 내가 보고 싶지 않았니?

너 없는 이틀 동안
너 보고 싶어 한 사람 여럿

그 가운데 나도
한 사람이었단다.

인생 · 1

인생은 실수다

그 실수 만회하기 위해
어둠을 헤쳐
지금은 돌아가고 있는 중

조금만 더 기다려 달라.

이 가을에

아직도 너를
사랑해서 슬프다.

풀꽃
자세히 보아야
예쁘다
오래 보아야
사랑스럽다
너도 그렇다

밥

집에 있을 때 밥을 많이 먹지 않는 사람도
집을 나서기만 하면 밥을 많이 먹는 버릇이 있다
어쩌면 외로움이, 무사히 집으로
돌아가고 싶은 욕망이 밥을
많이 먹게 하는지도 모르는 일

밥은 또 하나의 집이다.

좋은 날

하고 싶은 일을 하니 좋고
하고 싶지 않은 일을 하지 않으니
더욱 좋다.

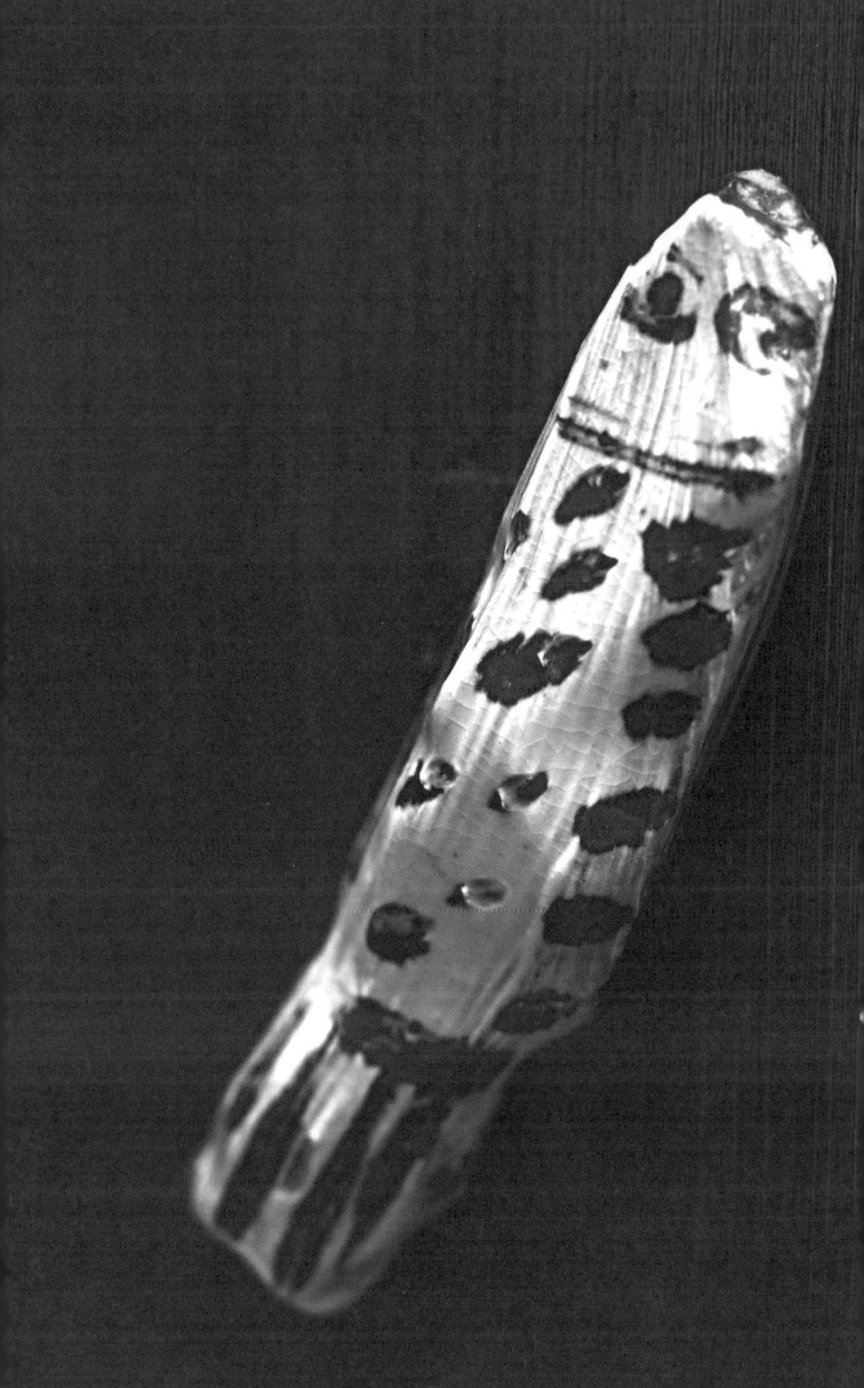

기도

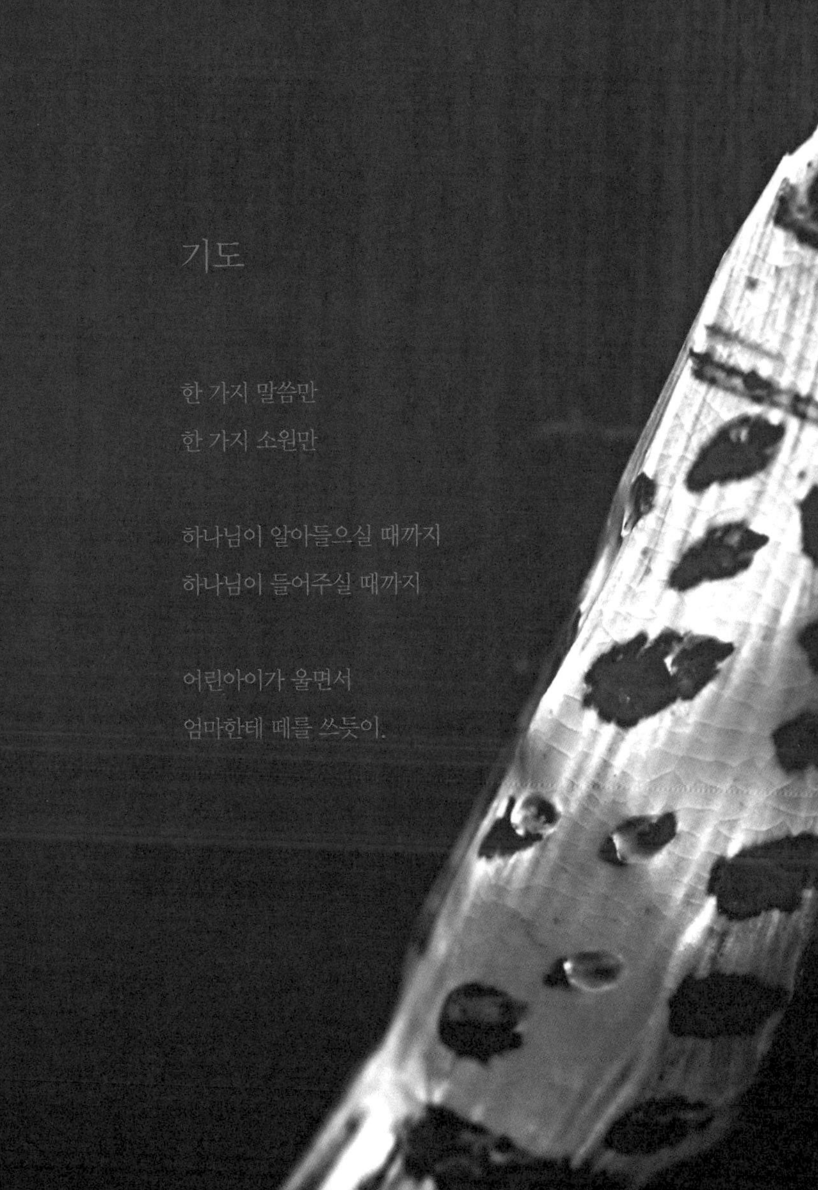

한 가지 말씀만
한 가지 소원만

하나님이 알아들으실 때까지
하나님이 들어주실 때까지

어린아이가 울면서
엄마한테 떼를 쓰듯이.

시·1

잡으려면 도망치고
그냥 두면 따라온다
차라리 성가신 아이.

완성

집에 밥이 있어도 나는
아내 없으면 밥을 먹지 않는 사람

내가 데려다 주지 않으면 아내는
서울 딸네 집에도 가지 못하는 사람

우리는 이렇게 함께 살면서
반편이 인간으로 완성되고 말았다.

옆얼굴

속일 수 없다

오만함과
그윽함

어여쁨까지.

잠들기 전 기도

하나님
오늘도 하루
잘 살고 죽습니다
내일 아침 잊지 말고
깨워 주십시오.

못난이 인형

못나서 오히려 귀엽구나
작은 눈 찌푸러진 얼굴

애게게 금방이라도 울음보
터뜨릴 것 같네

그래도 사랑한다 애야
너를 사랑한다.

기다리는 시간

참, 세상에는
예쁜 사람들도
많구나.

인생 · 3

아이들이 쌓아놓은 모래성

지루하고도 따분한 날들이
참 빨리도 간다.

안부

오래
보고 싶었다

오래
만나지 못했다

잘 있노라니
그것만 고마웠다.

노을

보아주는 이 없어서
더욱 아리따운 아낙이여.

행복

저녁 때
돌아갈 집이 있다는 것

힘들 때
마음속으로 생각할 사람 있다는 것

외로울 때
혼자서 부를 노래 있다는 것.

선물 · 3

사지 않겠다
아무것도 사가지고 돌아오지 않겠다
다짐하고 가방 들고 문을 나서지만
번번이 그 약속을 어기고
예쁜 물건들만 보면
사고 싶어지는 고질병

너를 잊지 못하는 마음과 다르지 않다.

좋은 사람

거기 그냥 계시기 바래요
그 자리 오래 지키고 계시기 바래요
생각나면 이쪽에서 언제라도
찾아가겠습니다.

봄

새들이 보고 있어요
우리 둘이 어깨 비비고
걸어가는 것

꽃들이 웃고 있어요
우리 둘이 눈으로 말하고
이야기하고 있는 것.

연

연아 반갑다

5월이 가는 줄도
모르고 살았는데
여름이 오는 것을
연이 알려주네.

짝사랑

그가 나를 보고 있을 때
나는 딴 사람을 보고 있었고
드디어 내가 그를 보기 시작했을 때
그는 이미 나 아닌 딴 사람에게
눈길을 돌린 뒤였다.

HNT
하나투어
www.hanatour.com

여행 · 2

떠나온 곳으로 다시는
돌아갈 수 없다는 걸 알기까지는
많은 시간이 필요했다.

그리움·2

더는 참을 수 없다
이제는 먹을 갈아야지.

핸드폰 시 · 3
– 문자메시지

문자 메시지 보내놓고
기다리고 기다리고 또
기다려도 오지 않는
밤…………… 길다.

그리움·3

가지 말라는데 가고 싶은 길이 있다
만나지 말자면서 만나고 싶은 사람이 있다
하지 말라면 더욱 해보고 싶은 일이 있다

그것이 인생이고 그리움
바로 너다.

FORD
3
PENCILS FOR
ALLOCADAS DE
LAPGI
D'ARGION
Drawin

선물·1

받는 것은 될수록 줄여서 받고
주는 것은 될수록 늘려서 주리
그대 내게 주시는 것
비록 작더라도
큰 상으로 알고 받겠으니
내가 주는 것 비록 크더라도
작은 벌로 바꾸어 받으시라.

여행·1

가방을 들고
차를 타고 가면서
집으로 돌아가고 싶어 하는 내가 있고

집에 돌아와
가방을 정리하면서
떠나온 곳으로 돌아가고 싶어 하는 내가 있다

어떤 것이 진짜 나인가?

꽃그늘

아이한테 물었다

이담에 나 죽으면
찾아와 울어줄 거지?

대답 대신 아이는
눈물 고인 두 눈을 보여주었다.

당신

이 세상 무엇 하러 살았나?

최후의 친구 한 사람
만나기 위해서 살았지

바로 당신.

꽃을 던지다
公州 멀리서도 보이는 풍경 나 태 주
省安堂文藝選集 ① 젊은 詩人選集
圖書出版 詹 堂書
大東詩夢 5
나태주 시집 이세상 모든 사랑
나의 시, 나의 시론 / 정
꽃이 되어 새가 되어
나태주 시집
산촌엽서 나태주 시집
산촌엽서 나태주 시집
그대 지키는 나의 등불
슬픔에 손목 잡히 나태주 시집
지는 해가 눈에 부시다
훔쳐보는 얼굴이 더 아름답다 나태주 시집
● 딸을 위하여
이야기가 있는 詩集
이야기가 있는 詩集 나태주 글·그림
羅泰柱 詩集 외할머니 목숨의 비늘 하나
羅泰柱 詩集 누님의 가을
永昌文化社

무인도

바다에 가서 며칠
섬을 보고 왔더니
아내가 섬이 되어 있었다
섬 가운데서도
무인도가 되어 있었다.

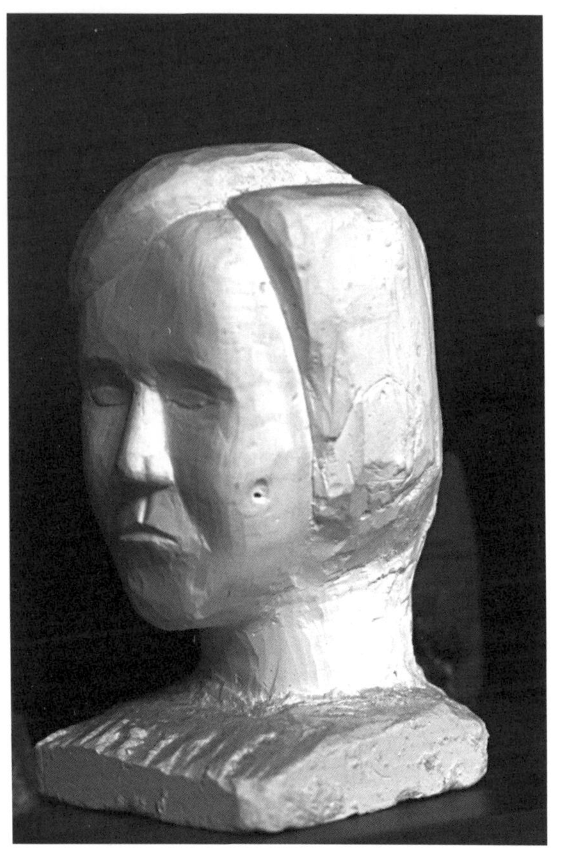

봄꿈

무엇이 그리도 서러웠을까?
꿈속에서도 나는 엉엉
소리를 내면서 울었다
입술로 스며드는 눈물이
정말로 찝찔하다는 생각에 퍼뜩
잠이 깨었다.

인사

별일 없었나요?
예, 나도 별일 없었어요
어쩌다 나누는
인사가 정겹다

좋아 보이네요
예, 그쪽도 좋아 보이네요
어쩌다 던지는
한 마디가 고맙다.

시·2

마당을 쓸었습니다
지구 한 모퉁이가 깨끗해졌습니다

꽃 한 송이 피었습니다
지구 한 모퉁이가 아름다워졌습니다

마음속에 시 하나 싹텄습니다
지구 한 모퉁이가 밝아졌습니다

나는 지금 그대를 사랑합니다
지구 한 모퉁이가 더욱 깨끗해지고
아름다워졌습니다.

웃기만 한다

하나님은 나를 사랑하시고

하나님이 사랑하시는 나는
너를 사랑한다

내가 사랑하는 너는
누구를 사랑하느냐?

너는 웃기만 한다.

한 사람 건너

한 사람 건너 한 사람
다시 한 사람 건너 또 한 사람

애기 보듯 너를 본다

찡그린 이마
앙다문 입술
무슨 마음 불편한 일이라도
있는 것이냐?

꽃을 보듯 너를 본다.

귀걸이

반짝!
너무 예쁘다
다시 한 번
보여주지 않을래?

아내

새각시
새각시 때
당신에게서는
이름 모를
풀꽃 향기가
번지곤 했습니다
그럴 때마다 나는
당신도 모르게
눈을 감곤 했지요

그건 아직도
그렇습니다.

기쁨

난초 화분의 휘어진
이파리 하나가
허공에 몸을 기댄다

허공도 따라서 휘어지면서
난초 이파리를 살그머니
보듬어 안는다

그들 사이에 사람인 내가 모르는
잔잔한 기쁨의
강물이 흐른다.

안경

으째 나도 좀
의젓해 보이지 않습니까.

장갑

장갑을 잃었다
헌 장갑이지만 무척 섭섭하다
아이들이 용돈 아껴 사준 장갑이요
오래 끼고 다니던 장갑이기에
더욱 섭섭하다
얼른 새봄이 왔으면 좋겠다.

가을 감

꽃 등
밝혔네

잎
버리고
비로소

가을
어머니.

동백

짧게 피었다 지기에
꽃이다

잠시 머물다 가기에
사랑이다

눈보라 먼지바람 속
피를 삼킨 통곡이여.

좋다

좋아요
좋다고 하니까 나도 좋다.

팬지꽃

팬지꽃 속에서 나온 한 계집아이
노란 무용복 차림으로
춤을 추고 있다
음악도 없이 무대도 없이
볕 바른 창가에.

눈 위에 쓴다

눈 위에 쓴다
사랑한다 너를
그래서 나 쉽게
지구라는 아름다운 별
떠나지 못한다.

떠난 자리

나 떠난 자리
너 혼자 남아
오래 울고 있을 것만 같아
나 쉽게 떠나지 못한다, 여기

너 떠난 자리
나 혼자 남아
오래 울고 있을 것 생각하여
너도 울먹이고 있는 거냐? 거기.

멀리서 빈다

어딘가 내가 모르는 곳에
보이지 않는 꽃처럼 웃고 있는
너 한 사람으로 하여 세상은
다시 한 번 눈부신 아침이 되고

어딘가 네가 모르는 곳에
보이지 않는 풀잎처럼 숨 쉬고 있는
나 한 사람으로 하여 세상은
다시 한 번 고요한 저녁이 온다

가을이다, 부디 아프지 마라.

대략 나태주 시인님이 그동안 모아 온 소품을 중심으로 촬영하여 시와 엮었다. 여행에서 사 모은 혹은 누군가가 선물해 준 애지중지하는 소품들이다. 한밤중에 선잠 깨어 거실에서 서성이다가 공연히 말 걸고 다독이는 시인의 작은 절친(切親)들이다.

제목을 '풀꽃 향기 한 줌'으로 한다기에 소품과 풀꽃의 이미지가 어떻겠냐고 물었더니 작디작은 사소한 것들은 당신께는 모두 '풀꽃'이라는 것이다. 자세히 보면 예쁘고 오래 보면 사랑스럽고 그리고 '너도 그렇다'고 말하는 시인에게는 가까이 있는 것들은 모두 '풀꽃'이다. 자세히 보면서 그들의 향기까지 맡게 되기까지, 시와 같은 선물들이 시인에게로 가서 선물 같은 시가 된다. 어느새 풀꽃 향기는 은은한 울림을 지닌다.

사소한 것에 손 내밀어 사랑하고 정들이는 법을 배운다. 드나들며 나도 그들과 친해졌다. 너는 어디서 왔느냐고 묻기도 한다. 흔하디흔한 풀꽃들과 말을 튼다. 작은 것들은 이내 수선스럽게 환호한다. 시인의 집엔 재잘거림으로 가득하다.

작업이 끝나면 사진마다의 에피소드를 붙여 보는 것도 재미있겠다. 하나의 소품마다 지닌 숱한 추억들, 내가 여행에서 찍었던 모든 사진 뒤에 담긴 숱한 이야기들과 닮았다. 시가 되고 사진이 되면서 우리는 비밀의 문을 하나씩 지니게 된다. 시인이 지닌 소품은 소품이 아니라 시로 들어가는 문이다. 나도 사진마다 시에서 가져온 풀꽃 씨 하나를 숨긴다. 부디 눈치채시길.

김혜식